Réflexions

D'UN

BON PATRIOTE,

PAR

V. ABAUZIT.

PARIS,

IMPRIMERIE DE WITTERSHEIM,

8, RUE MONTMORENCY.

1840.

AVERTISSEMENT.

J'écris ces lignes non dans l'intention de lancer une satire sur qui que ce soit, ma plume est extrêmement débonnaire ; mais je dois, en véritable citoyen, avertir qu'on prenne garde sur le choix des dignitaires. Jusqu'à présent, depuis les trois journées, on montre une aberration bien peu propre à rassurer les amis d'une sage liberté.

V. A.

RÉFLEXIONS
D'UN BON PATRIOTE.

CHAPITRE I.

Dans tous les siècles, chez tous les peuples, le chef s'entoure d'hommes dévoués à sa cause et qui ont fait preuve dans l'occasion d'un grand attachement à ses intérêts, à sa personne. Par ce moyen, les ennemis du pouvoir trouvent une masse qui en impose, qui résiste, et alors les anarchistes, en présence de ces serviteurs si nombreux et si intrépides, répriment leur audace et se contentent de murmurer dans l'obscurité. De plus, les rouages de la machine administrative, étant uniformes et d'une nature homogène, ont une marche ferme, régulière, et ne faiblissent que rarement.

Que deviendrait, en effet, aujourd'hui le sultan, s'il prenait pour employés, pour ses courtisans, des Égyptiens, des amis de Méhé-met-Ali? Sa puissance ne serait-elle pas sur le bord du précipice? Sa conduite ne serait-elle pas insensée? Elle vous paraîtrait absurde, et vous auriez raison. Cependant tel est le sys-tème qu'on suit en France ! ! !

Le roi de Juillet, saisi d'un délire inconce-cevable, tient une marche qui occasionnera sa ruine ou celle de sa famille.

Il s'entoure de qui? de carlistes, d'henri-quinquistes, d'amis de l'opposition, et même de républicains qui, pour fasciner les yeux, professent des opinions qu'ils n'ont pas. Voilà les fêtés de la cour, voilà ses entrailles. Elle les invite, les comble de bienfaits, les écrase sous l'or, et les élève aux hautes dignités; c'est en leurs mains, en un mot, qu'elle livre la nation.

Quant aux patriotes, aux créateurs, aux âmes de la révolution de Juillet, à ceux qui sont mus par des sentiments libéraux, on en craint l'approche, on les éloigne, leur courage porte ombrage, on ne veut plus d'eux.

Après la tempête on les a méprisés, sembla-bles à des vipères qu'on jette dans la boue après en avoir retiré le remède.

Oh! voilà ce qu'on fait, puis allez combattre pour L. A.!!!

Le bon patriote a le cœur soulevé d'indignation, et s'attriste en voyant combien un tel procédé engendrera de malheurs dans la France.

Sont ignorés ceux qui ont répandu leur sang sous les coups des légitimistes, et ceux-ci s'engraissent aux dépens de l'État. Mais ne voit-on pas qu'une telle politique place entre deux gouffres de perdition? Ami de l'ordre et du roi constitutionnel, je vais me faire un devoir dans le chapitre suivant de l'éclaircir à ce sujet.

CHAPITRE II.

Le peuple, artisan de la révolution de 1830, se trouve sous la verge des personnes qui, ayant des opinions différentes, dirigent les rènes du gouvernement selon leurs intérêts. Ces hommes, étonnés eux-mêmes de la force qu'ils ont entre les mains, réfléchissent sur leur position, et disent sans nul doute : « Nous voilà parvenus,
» profitons-en ; ourdissons en secret, minons
» silencieusement les bases de cette constitu-
» tion, travaillons pour nos anciens amis, nos
» anciens bienfaiteurs, pour la légitimité. L'u-

» surpation dans sa gaucherie nous a donné la
» puissance, dissimulons, flattons d'une main
» tandis que l'autre aiguise le poignard. »

Telles sont les paroles d'une foule de créatures de S. A. R.; cela se conçoit, ces anciens privilégiés de Charles X ne veulent pas être ingrats.

Certes les affreux désordres qui ont eu lieu au commencement du pouvoir de Juillet, auraient été dix mille fois moins considérables si les séditieux n'avaient été excités sous-main par des potentats, par des hommes qui, quoique cachés, faisaient mouvoir par leur influence tous les ressorts de la rébellion. Écroulez donc ce pouvoir suspect; remplacez-le par un de confiance. C'est stupide de s'enferrer soi-même. Rien n'est plus étrange à voir le roi entouré de personnages qui le maudissent tous intérieurement, lors même qu'ils ont le miel sous les lèvres. C'est un spectacle qui ne peut exister que dans le gouvérnement de 1830 !!!

Pour les bons citoyens, les anti-légitimistes, ils sont révoltés à cet aspect; ils renversèrent un trône insupportable croyant le remplacer par un autre plus convenable, leur espérance est déchue; il ne reste qu'à recommencer. Le même sang coule dans leurs veines, il a coulé ce sang et coulera toujours pour la liberté.

Ceux même qui avaient les intentions les plus bénévoles sont aigris à force d'actions intolérables, et se mettent au rang des mécontents.

Ainsi le gouvernement est situé entre deux meules prêtes à le briser. D'un côté sont les anti-juillet, impatients à lui donner un coup d'épaule, et de l'autre côté sont les amis du progrès qui, délaissés, murmurent.

Tous sont irrités. Tous en veulent au gouvernement. Il n'a plus d'amis, plus de ressource; il se soutient par prestige. Cela ne peut durer, le temps venu approche.

CHAPITRE III.

Peut-être une de ces têtes capaces qu'on ren-
contre le plus souvent dans les cabinets me
dira : » Ah! mon cher, regardez, ouvrez les
» yeux, de grâce ouvrez-les bien ; ne voyez-
» vous pas que Louis-Philippe Ier, roi des Fran-
» çais, caresse ses ennemis pour les attirer
» dans son parti. Il n'a pas besoin de flatter ses
» partisans. C'est aux malades qu'il faut le
» remède, et non à ceux qui se portent bien.
» Ainsi, ce que vous blâmez est un trait de la po-
» litique la plus raffinée. » Ah! ah! voilà enfin

cette fameuse politique. Quels sont ses résul-
tats? Quels fruits a-t-elle produits? hélas ! c'est
pitié. Cette politique a aliéné tous les esprits.
Qu'on parcoure toute la France, les philippis-
tes sont faciles à compter, et leur nombre di-
minue tous les jours. L'opposition au contraire
presse ses rangs, et bientôt on n'entendra plus
qu'un cri : haro sur .... ! Pourquoi
cela? c'est le résultat de la politique raffinée.
Assez d'ordinaire le raffinement est l'antipode
de la solidité.

Au nom seul du roi, le bourgeois, le mili-
taire, le commerçant, haussent les épaules et
n'ouvrent la bouche que pour le nommer par
son nom. Tel est l'état de la France, telles sont
les dispositions des habitants, qu'on juge d'a-
près cela.

CHAPITRE IV.

ÇA NE PEUT PAS ALLER.

Que voit-on depuis 1830? grands dieux! rien, que troubles, discordes, rébellions, conspirations, intrigues, tout ce que l'anarchie a de plus affreux. Ici les légitimistes et les républicains ont fait et préparent la guerre civile; là les députés et les ministres ont cabalé et cabalent les uns contre les autres. Un esprit d'agitation, d'indépendance saisit tous les hommes. On ne veut plus de pouvoir, on cherche, on court après un je ne sais quoi, jamais on est content. On dirait une fièvre dans les idées des Français. Ce délire ne peut durer, c'est un malaise qui doit avoir un terme.

Tout se ressent de cet état de maladie. Le commerce est aux abois ; les journaux vocifèrent et ne gardent aucune pudeur ; les politiques s'agitent sous la puissance d'un démon ; les écrivains griffonnent sans cesse ; les parleurs étourdissent ; les bourgeois déchiffrent les brochures, les journaux, et crient contre l'autorité. Paris est un cahos ardent, indéchiffrable. Ça ne peut pas aller.

CHAPITRE V.

MOYEN DE PARVENIR.

La conscience doit être large, peu scrupuleuse sur les moyens, il suffit d'avoir un but, de le regarder, le poursuivre sans cesse, et peu importe ensuite si dans la course ambitieuse on foule aux pieds un peu d'honneur, de dignité morale.

Voici une recette qui mérite une certaine confiance :

Patient, infatigable, chapeau bas, très bas, air soumis, obéissant au moindre signe, et s'écriant au prodige à la moindre action de son protecteur, c'est là une route certaine.

Il y a, en France, un autre procédé plus expéditif. Quelquefois les gaillards députés obtiennent la rosée céleste par le moindre mot ; il suffit de se prononcer pour tel ou tel, à l'instant les charges lucratives et dignitaires arrivent à la file ; ce que parfois un pauvre et honnête citoyen n'obtient qu'après vingt ans d'une constance opiniâtre, un gros fermier l'obtiendra par une seule affirmation.

C'est surtout dans les ministères que le passage est rapide, les employés n'y vieillissent pas ; les satellites dans leurs révolutions suivent nécessairement leur étoile. Chaque ministre traîne après soi une queue de partisans, d'oiseaux voraces qui s'élancent sur la proie aussitôt arrivés. Les emplois sont à la merci des pillards de la haute sphère, tandis que le peuple croasse, mais en vain.   V. A.

FIN.